波波唸翻天系列 9

波波的萬聖夜

Justine Korman　著

Lucinda McQueen　繪

何信彰　譯

三民書局

For Ron, who taught me the art of Halloween.
It's scary how much I love you! — J.K.

獻給朗，你讓我了解了萬聖夜的精神
我愛你愛到無法自拔！— J.K.

For my favorite goblins, Katy and Eric,
who've loved their spooky Salem nights!
Lots of love, Lucy

獻給我最喜愛的小搗蛋鬼— 凱蒂和艾瑞克
我知道你們最喜歡恐佈的賽倫之夜！
好愛你們的露西

Hopper grumbled as he led the kinderbunnies to the Easter Bunny Elementary School **auditorium**. "**Dumbest** holiday of the year," said the grumpy bunny. "The only thing **scary** about Halloween is how much time and effort critters **waste** on it."

波波口中一邊嘀咕著，一邊帶領一群兔寶寶前往復活節兔寶寶小學的禮堂。「每年最無聊的節日又到了，」波波說：「萬聖節唯一讓人不敢領教的事，就是大家要浪費很多的時間和心力。」

"Our school is proud to welcome a new **art** and **drama** teacher," Sir Byron announced. "For his first **production**, Mr. Spumoni will be creating a **haunted** house in my barn. Lilac has **volunteered** to provide the music. But we need one class to help with the work. That lucky class will enjoy a special Halloween sleepover in the barn!"

「我們學校很榮幸地請來了一位教美術和戲劇的新老師，」拜倫先生宣布說：「史普老師的第一項作品，就是要把我的倉庫布置成鬼屋，丁香老師說她自願幫忙伴奏，

不過我們還需要一個班級來幫忙布置的工作，這個幸運的班級在萬聖夜的時候，可以在倉庫裡歡渡一個特別的夜晚！」

As eager kinderbunnies **tugged** at Hopper's coat, the grumpy bunny saw the dashing drama teacher smile at Lilac. Both of Hopper's **paws** flew up in the air. He wanted to be wherever Lilac was!

正當興奮的兔寶寶們迫不及待地扯著波波的外套時，波波看到穿著時髦的戲劇老師正對著丁香老師微笑，於是波波高高地舉起雙手表示願意幫忙，因為不管丁香老師去哪裡，波波就要跟到哪裡！

The next thing Hopper knew, he and the kinderbunnies were at Sir Byron's barn. "What a dump!" Hopper muttered.

"Perhaps it is now." Mr. Spumoni **spread** his **cape** grandly. "But through the **magic** of paint and **imagination**—a true House of **Horrors**!"

接下來，他和兔寶寶們就到了拜倫先生的倉庫，「這個地方真破爛！」波波嘀咕著。

「也許就是現在，」史普老師神氣地攤開他的披風，「只要靠著油漆和想像力的魔法，這裡就能變成一間非常嚇人的鬼屋了！」

"First we **sweep**!" Mr. Spumoni commanded.

While Hopper was sweeping, a big spider suddenly swung
down into his face. "AI-YEE!" the grumpy bunny **screamed**.

Mr. Spumoni rushed over.

Hopper **blushed**. "I'm fine. The spider just surprised me."

Mr. Spumoni clapped him on the back. "That's **brilliant**! We'll **create**
Spider City—a giant spider swings down and **attacks**! You build it!"

「我們先來掃地吧！」史普老師發號施令。
就在波波掃地的時候，突然有一隻大蜘蛛垂到他的面前。「哎呀！」波波發出一聲慘叫。
史普老師趕緊跑過來。

波波紅著臉說：「我沒事啦，只是被蜘蛛嚇了一跳而已。」

史普老師拍拍他的背，「太妙了！我們乾脆就來造一座蜘蛛城──造一隻巨大的蜘蛛垂下來攻擊人！就由你來做這個吧！」

"But I don't know how to build a spider city!" Hopper groaned.
"Some boxes. Pipe cleaners. You'll **figure** it **out**," Mr. Spumoni said.

「可是我不知道蜘蛛城要怎樣布置耶！」波波抱怨著。
「只要用幾個盒子，還有清菸斗的用具，你會想出辦法來的，」史普老師說。

To the grumpy bunny's surprise, he did!

Hopper built a giant spider out of four pairs of **tights**, some packing peanuts, and glow-in-the-dark paint.

He even got the spider to swing down **on cue**!

讓波波自己大感意外的是，他真的想到了辦法！
他用四條緊身褲，一些帶殼的花生，還有夜光漆，就做出一隻很大的蜘蛛。
而且波波還能操控蜘蛛垂下來的時機呢！

"This **theater** stuff is kind of fun," Hopper admitted to Lilac. "But these **corny tricks** won't scare anyone."

「這些布景道具還蠻有趣的，」波波向丁香老師承認，「不過這些老掉牙的把戲，是嚇不了人的啦。」

Hopper helped the kinderbunnies make paper-towel **ghosts** and black paper **bats**. "How could someone be scared of some paper towels and—"

"—the magic of lights, music, theater!" Mr. Spumoni concluded for him. "You'll see tonight!"

波波幫兔寶寶們用紙巾做成幽靈，還用黑紙做成蝙蝠。「怎麼可能有人會給這些紙巾嚇到——」

「——只要配合燈光、音效和布景就能有這樣的魔力喔！」史普老師替波波作了結論，「今天晚上你就會知道了！」

Mr. Spumoni told the kinderbunnies to come back after dark dressed in their **costumes**.

"What are you going to wear?" Lilac asked Hopper.

"I never wear costumes," the grumpy bunny declared.

"You will tonight," Mr. Spumoni said. "Teachers must set an **example**."

"No, I..." Hopper started to **object**.

But with a swirl of his cape, the drama teacher was gone!

"I can't wear costumes," Hopper told Lilac. "Whenever I do, something goes wrong, and everybunny laughs at me."

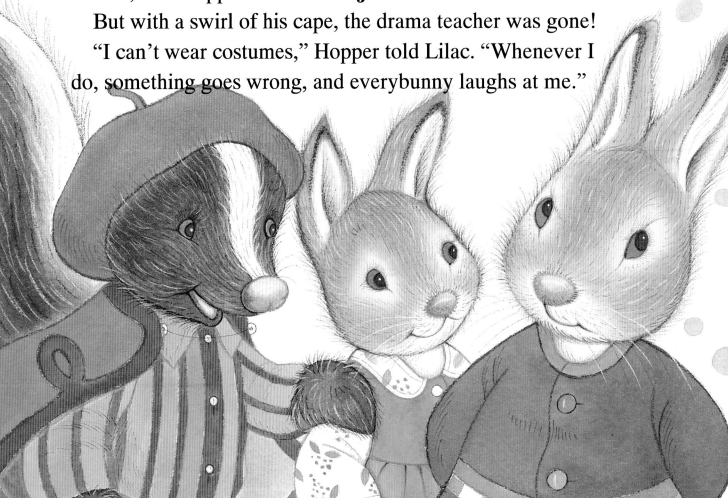

史普老師叫兔寶寶們天黑以後裝扮完成再來。
「你打算要穿什麼？」丁香老師問波波。
「我從來都不特別裝扮的，」愛抱怨的波波一臉正經地回答。
「你今天晚上要好好裝扮一番，」史普先生對他說：「老師要做好榜樣。」

「可是，我……」波波想提出抗議。

不過戲劇老師的披風一揮，就不見他的人影了！

「我不能穿特別的服裝來啦，」波波向丁香老師說明：「每次只要我這樣穿，就會有事情不對勁，然後每隻兔寶寶就會笑我。」

That night Hopper "forgot" to wear a costume. But Mr. Spumoni brought an **extra**. "Just for you, Mr. Hopper," he said.

Hopper wasn't pleased, but he couldn't **disappoint** Lilac.

"You will be the **host**, Mr. Clown," Mr. Spumoni explained. "You'll lead groups through the haunted house. If anyone gets too scared, you'll make them laugh."

Hopper **scoffed**. Who would be scared of a bit of paint and **nonsense**?

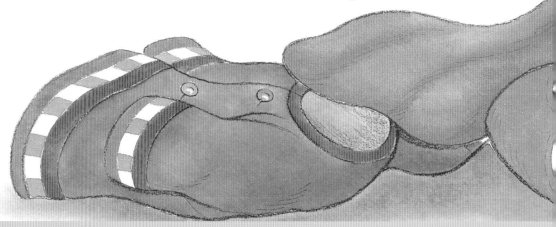

那天晚上,波波「故意忘記」穿戲服來,不過史普老師多帶了一件,「這是特別為你準備的,波波老師。」他說。

波波雖然有點不高興,不過他不想讓丁香老師覺得掃興。

14

「就由你來當主持人吧，小丑先生，」史普先生加以解釋：「你要帶每一隊兔寶寶走過鬼屋，假如有人嚇破膽的話，你要讓他笑出來喔。」

波波覺得很好笑，誰會被那些油漆，還有無聊的東西嚇到？

But when he walked in with the first group of visitors, Hopper couldn't believe his eyes. In the dark, with Lilac's **eerie** music playing and all the kinderbunnies in costumes and **makeup**, he **hardly recognized** the old barn!

不過波波和第一隊兔寶寶進去之後，他簡直不敢相信自己的眼睛。

在黑暗之中，伴隨著丁香老師詭異的配樂，再加上一個個穿著奇裝異服還畫了妝的兔寶寶，他幾乎認不出來這就是之前的那間倉庫！

"Get them off me!" somebunny cried as the paper bats
swooshed down over the **cardboard graveyard**.

「把牠們趕走！」有一隻兔寶寶大叫，因為有好多紙蝙蝠咻咻地飛過厚紙板做的墓園。

Hopper **juggled** jellybeans until the audience had **calmed** down enough to visit the **Creepy Café**.

波波趕緊拋起QQ豆做雜耍表演，直到這些觀眾都平靜下來，才繼續往下參觀「魔鬼餐廳」。

When the ghoulish **waiter** lifted the lid to **reveal** Bingo's head on a **plate**, the crowd **leaped** back in horror!

惡魔般的服務生把盤子上的蓋子掀開時，兔寶寶賓果的頭赫然出現在盤子上，嚇得大夥兒都往後跳！

And when the tour reached Spider City...

"AI-YEE!" Hopper screamed. In all the excitement, he'd forgotten his own trick!

"Wonderful scream!" Mr. Spumoni whispered. "You're a **showman** at heart!" After that, Hopper screamed for each tour, just to keep the crowd jumping.

接著一行人來到蜘蛛城……

「哎呀！」波波發出一聲尖叫，因為實在是太激動了，他完全忘了這是自己做出來的把戲！

「叫得好！」史普老師小聲地說：「你有表演的天分喔！」在那之後，波波帶每一隊兔寶寶參觀的時候，都會故意尖叫，好讓大家嚇一跳。

At the end of the night, Sir Byron announced, "This haunted house has been a huge **success**, thanks to all of you!"

The kinderbunnies **cheered**. Even Hopper had to admit, "Halloween can be fun, even if it isn't scary."

晚會結束之後，拜倫先生宣布：「這次的鬼屋非常成功，謝謝各位！」
兔寶寶們歡欣鼓舞，就連波波也不得不承認，「萬聖節就算不可怕，也照樣很有趣。」

"The show is over! Let's **strike** the **set** and get some sleep!" Mr. Spumoni declared.

By the time everything was put away and the kinderbunnies had spread out their sleeping bags, Hopper was **exhausted**. But the kinderbunnies were still full of excitement and candy.

"I want another drink of water!" Peter said.

"Flopsy stole my candy bar!" Mopsy cried.

"It was mine!" Flopsy insisted.

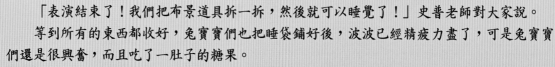

「表演結束了！我們把布景道具拆一拆，然後就可以睡覺了！」史普老師對大家說。

等到所有的東西都收好，兔寶寶們也把睡袋鋪好後，波波已經精疲力盡了，可是兔寶寶們還是很興奮，而且吃了一肚子的糖果。

「我還要喝水！」彼得說。

Hopper settled **arguments**, fluffed **pillows**, and delivered many glasses of water before—FINALLY!—the kinderbunnies got sleepy. As they snuggled into their sleeping bags, Mr. Spumoni told them some **spooky** Halloween stories.

「晃晃把我的糖果偷走了！」毛毛大叫。

「這本來就是我的！」晃晃堅定地說。

波波平息所有的爭吵，再把枕頭弄得鬆鬆軟軟的，還倒了好幾杯水給兔寶寶們喝——好不容易！——這些兔寶寶想睡覺了。就在他們鑽進睡袋縮成一團的時候，史普老師說了幾個恐怖的萬聖節鬼故事給他們聽。

Then, just as the grumpy bunny prepared to settle down for the night, Lilac had a **request**. "Oh, Hopper, I left my **toothbrush** in the car. Can you get it for me, please?"

Hopper was so tired he could barely stand on his sore feet. But, of course, he would do anything for Lilac.

Hopper found the toothbrush and came back to the barn. Alone in the dark, he felt just a teeny bit scared. *That's silly*, he told himself. *There's no such thing as...*

GHOSTS! The barn was full of ghosts!

For just one second, Hopper believed! A **chill** shivered up his **spine**. Then he realized it was just the kinderbunnies' paper-towel ghosts, artfully lit by Mr. Spumoni's **flashlight**.

然後，就在波波準備好要睡覺的時候，丁香老師提出一個請求：「喔，波波，我把牙刷留在車上了，可以請你幫我拿過來嗎？」

波波累得不得了，兩腳痠痛得快要站不住了，可是無論是什麼事情，他都願意替丁香老師效勞。

波波找到牙刷，然後走回倉庫，他一個人走在黑暗中，覺得有一點點害怕，他告訴自己，

別傻了，根本沒有那種東西……

鬼啊！倉庫裡有好多的鬼啊！

一時之間，波波也相信那些就是鬼！一陣寒意爬上他的背脊，讓他忍不住直發抖。然後，他才察覺那只不過是兔寶寶們用紙巾做的幽靈，再配上史普老師以假亂真的燈光，才有這樣的效果。

27

平常老愛抱怨的波波也不好意思地笑了出來。
「你這樣就怕了嗎，我的朋友？」史普老師問他。

The grumpy bunny laughed **sheepishly**.

"Were you scared, my friend?" Mr. Spumoni asked.

Hopper's spine still felt all tingly and tickly. The **fur** on his ears stood on end.

"That's not as scary as what we'll do next year!" Mr. Spumoni continued. "I **picture** a **sunken pirate** ship...blue lights, sea songs..."

"And a giant **octopus**!" Hopper couldn't wait to build it!

波波覺得背脊還涼涼的，耳朵上的絨毛也都豎了起來。

「我們明年做的會比這個還要恐怖喔！」史普老師接著說：「我想到要做一艘沉到海裡的海盜船⋯⋯配上水藍色的燈光，海中的美妙歌曲⋯⋯」

「還有一隻大章魚！」波波等不及了，真想現在就布置！

As he drifted off to **dreamland**, Hopper wondered, what does Halloween mean?

*A special night to play **pretend**
and dress up, if you dare.
Lights! Magic! Candy! **Thrills!**
And, just for fun, a scare!*

波波漸漸進入夢鄉，他心裡想著，萬聖夜的意義到底是什麼？
在這個特別的夜晚，盡情搞怪，
也別忘了盛妝打扮，只要你敢。
燈光！魔法！糖果！驚聲尖叫！
還會讓你心跳一百，保證好玩！

cheer [tʃɪr] 動 歡呼

chill [tʃɪl] 名 寒冷

corny [ˋkɔrnɪ] 形 無聊的

costume [ˋkɑstjum] 名 戲服

create [krɪˋet] 動 創造

creepy [ˋkripɪ] 形 毛骨悚然的

argument [ˋɑrgjəmənt] 名 爭論

art [ɑrt] 名 美術

attack [əˋtæk] 動 攻擊

auditorium [ˌɔdəˋtorɪəm] 名 禮堂

disappoint [ˌdɪsəˋpɔɪnt] 動 使失望

drama [ˋdrɑmə] 名 戲劇

dreamland [ˋdrim͵lænd] 名 夢鄉

dumb [dʌm] 形 愚笨的

bat [bæt] 名 蝙蝠

blush [blʌʃ] 動 臉紅

brilliant [ˋbrɪljənt] 形 出色的

eerie [ˋɪrɪ] 形 令人害怕的

example [ɪgˋzæmpl] 名 榜樣

exhausted [ɪgˋzɔstɪd] 形 精疲力盡的

extra [ˋɛkstrə] 名 額外的東西

cape [kep] 名 披風

café [kəˋfe] 名 （有酒出售的）小餐廳

calm [kɑm] 動 安靜下來

cardboard [ˋkɑrd͵bord] 名 厚紙板

figure out 想出…
flashlight [`flæʃ,laɪt] 名 手電筒
fur [fɜ] 名 毛

ghost [gost] 名 幽靈
graveyard [`grev,jard] 名 墓園

hardly [`hardlɪ] 副 幾乎不…
haunted [`hɔntɪd] 形 鬧鬼的
horror [`hɔrɚ] 名 恐怖
host [host] 名 主持人

imagination [ɪ,mædʒə`neʃən] 名 想像力

juggle [`dʒʌgl] 動 拋接

leap [lip] 動 跳

magic [`mædʒɪk] 名 魔法
makeup [`mek,ʌp] 名 演員的化妝

nonsense [`nansɛns] 名 無聊的東西

object [əb`dʒɛkt] 動 反對

32

octopus [`ɑktəpəs] 名 章魚

on cue 在適當的時機

paw [pɔ] 名 腳掌

picture [`pɪktʃɚ] 動 想像

pillow [`pɪlo] 名 枕頭

pirate [`paɪrət] 名 海盜

plate [plet] 名 盤子

pretend [prɪ`tɛnd] 動 假扮

production [prə`dʌkʃən] 名 作品

recognize [`rɛkəg͵naɪz] 動 認出

request [rɪ`kwɛst] 名 請求

reveal [rɪ`vil] 動 揭露

scary [`skɛrɪ] 形 令人害怕的

scoff [skɔf] 動 嘲笑

scream [skrim] 動 發出尖叫聲

set [sɛt] 名 布景

sheepishly [`ʃipɪʃlɪ] 副 害羞地

showman [`ʃomən] 名 表演者

silly [`sɪlɪ] 形 愚蠢的

spine [spaɪn] 名 背脊

spooky [`spukɪ] 形 令人毛骨悚然的

spread [sprɛd] 動 展開

strike [straɪk] 動 拆除

success [sək`sɛs] 名 成功

sunken [`sʌŋkən] 形 沉沒的

sweep [swip] 動 打掃

theater [`θiətɚ] 名 劇場

thrill [θrɪl] 名 驚險刺激

tights [taɪts] 名 長筒襪

toothbrush [`tuθ͵brʌʃ] 名 牙刷

trick [trɪk] 名 把戲

tug [tʌg] 動 用力拉

volunteer [ˌvɑlən`tɪr] 動 自願

waiter [`wetɚ] 名 服務生

waste [west] 動 浪費

個兒不高・志氣不小・智勇雙全・人人叫好

我是大喜, 別看我個兒小小,

我可是把兇惡的噴火龍耍得團團轉！
連最狡滑的巫婆也大呼受不了呢！
想知道我這些有趣的冒險故事嗎？

探索英文叢書・中高級

Upper Intermediate

中英對照

● 大喜說故事系列 ●

Anna Fienberg & Barbara Fienberg／著
Kim Gamble／繪　王秋瑩／譯

全套十本　每本均附CD
（本系列陸續出版中）

精心規劃，內容詳盡
三民英漢辭典系列
學習英文的最佳輔助工具

中學生、初學者適用

三民皇冠英漢辭典（革新版）

大學教授、中學老師一致肯定、推薦！
最適合中學生和英語初學者使用的實用辭典！

◎ 明顯標示國中生必學的507個單字和最常犯的錯誤，詳細、淺顯、易懂！
◎ 收錄豐富詞條及例句，幫助您輕鬆閱讀課外讀物！
◎ 詳盡的「參考」及「印象」欄，讓您體會英語的「弦外之音」！
◎ 賞心悅目的雙色印刷及趣味橫生的插圖，讓查閱辭典成為一大享受！

三民新知英漢辭典

一本很生活、很實用的英漢辭典！
讓您在生動、新穎的解說中快樂學習！

◎收錄中學、大專所需詞彙43,000字，總詞目多達60,000項。
◎增列「同義字圖表」，使同義字字義及用法差異在圖解說明下，一目了然。
◎加強重要字彙多義性的「用法指引」，充份掌握主要用法及用例。
◎雙色印刷，編排醒目；插圖生動靈活，加強輔助理解字義。

多種選擇，多種編寫設計
三民英漢辭典系列
最能符合你的需要

三民精解英漢辭典（革新版）

一本真正賞心悅目、趣味橫生的英漢辭典誕生了！
雙色印刷＋漫畫式插圖，保證讓您愛不釋手！

◎收錄詞條25,000字，以中學生、社會人士常用詞彙為主。
◎常用基本字彙以較大字體標示，並搭配豐富的使用範例。
◎以五大句型為基礎，讓您更容易活用動詞型態。
◎豐富的漫畫式插圖，讓您在快樂的氣氛中學習，促進學習效率。
◎以圖框對句法結構、語法加以詳盡解說。

三民新英漢辭典（增訂完美版）

◎收錄詞目增至67,500字（詞條增至46,000項）。
◎新增「搭配」欄，羅列常用詞語間的組合關係，讓您掌握英語的慣用搭
　配，說出道地的英語。
◎詳列原義、引申義，確實掌握字詞釋義，加強英語字彙的活用能力。
◎附有精美插圖千餘幅，輔助詞義理解。
◎附錄包括詳盡的「英文文法總整理」、「發音要領解說」，提升學習效率。
◎雙色印刷，並附彩色英美地圖及世界地圖。

~ 看的繪本十聽的繪本　童話小天地最能捉住孩子的心 ~

為孩子寫～彩色的夢

 兒童文學叢書

·童話小天地·

- **奇妙的紫貝殼** /附CD
  簡　宛·文　朱美靜·圖

- **奇奇的磁鐵鞋** /附CD
  林黛嫚·文　黃子瑄·圖

- **九重葛笑了** /附CD
  陳　冷·文　吳佩蓁·圖

- **智慧市的糊塗市民** /附CD
  劉靜娟·文　郜欣／倪靖·圖

- **銀毛與斑斑** /附CD
  李民安·文　廖健宏·圖

- **丁伶郎** /附CD
  潘人木·文
  鄭凱軍／羅小紅·圖

- **屋頂上的祕密** /附CD
  劉靜娟·文　郝洛玟·圖

- **石頭不見了** /附CD
  李民安·文　翱　子·圖
  榮獲行政院新聞局
  第五屆圖書故事類小太陽獎

嘿～快快進來喲，爸爸媽媽甜蜜的說故事時間就會開始囉！

國家圖書館出版品預行編目資料

波波的萬聖夜 / Justine Korman著;Lucinda McQueen
繪;何信彰譯.－－初版一刷.－－臺北市；三民，民
91
　　面;公分--(探索英文叢書.波波唸翻天系列;9)
中英對照
ISBN 957-14-3439-6　(一套；平裝)

1.英國語言—讀本

805.18

網路書店位址：http://www.sanmin.com.tw

©　波波的萬聖夜

著作人	Justine Korman
繪圖者	Lucinda McQueen
譯　者	何信彰
發行人	劉振強
著作財產權人	三民書局股份有限公司 臺北市復興北路三八六號
發行所	三民書局股份有限公司 地址／臺北市復興北路三八六號 電話／二五〇〇六〇〇 郵撥／〇〇〇九九九八——五號
印刷所	三民書局股份有限公司
門市部	復北店／臺北市復興北路三八六號 重南店／臺北市重慶南路一段六十一號

初版一刷　中華民國九十一年一月
編　號　S 85604
定　價　新臺幣壹佰玖拾元整
行政院新聞局登記證局版臺業字第〇二〇〇號

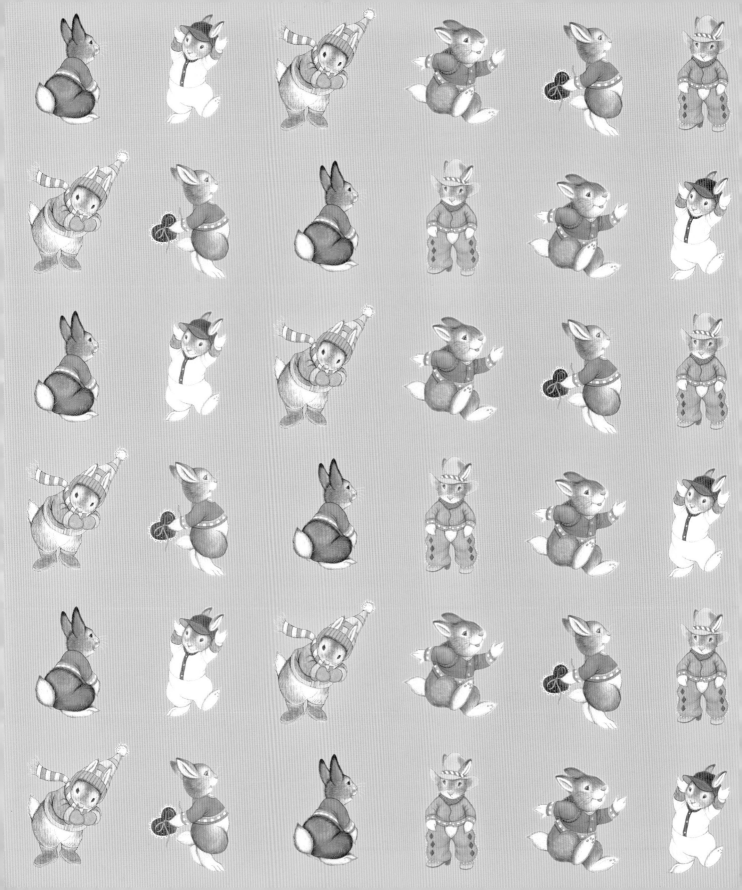